LOCAL HEROES

BAND 14

Bibliografische Information der Deutschen Bibliothek
Die Deutsche Bibliothek verzeichnet diese Publikation in der Deutschen Nationalbibliografie;
detaillierte bibliografische Daten sind im Internet über http://dnb.de abrufbar.

Schmidt, Kim:
Die Local Heroes Band 14, Seitenwind, Dollerup: Flying Kiwi Verl. 2012
ISBN 9783940989116

Die Local Heroes erscheinen u.a. regelmäßig in allen Zeitungsausgaben des sh:z und im Bauernblatt Schleswig-Holstein

Flying Kiwi Media GmbH
Schulstr. 5
24989 Dollerup
Tel.: (0 46 36) 97 68 299, Fax: (0 46 36) 97 68 298
Email: info@flying-kiwi.de

2. Auflage 2017

Druck: Druckhaus Leupelt GmbH / Weding, Inhalt gedruckt auf Recyclingpapier

Besuchen Sie uns auch im Internet unter
www.flying-kiwi.de
www.flying-kiwi-shop.de
www.kim-cartoon.com
www.comiczeichenkurs.de
www.guellerup.de
www.landleben.sh

MEIN VORSATZ FÜRS NEUE JAHR: KUHLER WERDEN!
NICHT MEHR ÜBER UNGELEGTE EIER REDEN!
ICH WILL SO BLEIBEN, WIE ICH BIN!
KEIN FROSCH SEIN!
KIM

DER WURF-AXEL IST NOCH ETWAS UNSAUBER IM ABSCHLUSS!

ANGESICHTS DER FINANZKRISE MACHE ICH JETZT IN IMMOBILIEN !
18
KIM

KOOOMM
PUTT PUTT PUTT!
NA ENDLICH!
ICH BRAUCHE
DRINGEND MEIN
ANTIBIOTIKUM!

OHA!
AM RHEIN GRASSIERT
WIEDER DIE
HÜHNERGRIPPE!

WAR'N BÜSCHEN PUSTIG HEUTE NACHT!

DA KOMMT DER BESAMUNGSTECHNIKER!
OHNE MICH! ICH HAB HEUTE KOPFWEH!

GIBS ZU:
DU HAST
MICH
VERMISST!

DAS IST ALSO DER DANK FÜR DIESEN RIESEN-AGGEWARS!
SCHLUCHZ
KIM

LASSEN WIR DIE FRISCHE FRÜHLINGSLUFT DURCH UNSEREN KÖRPER STRÖMEN!
UND EIIINATMEN!
KIM

ICH WILL ES MAL SO FORMULIEREN:
DU SOLLTEST DICH LIEBER AUF DEINE
KERNKOMPETENZEN FOKUSSIEREN!
Kiw

POLIZEI? KOMMEN SIE SCHNELL!
HIER GESCHIEHT UNFASSBARES!
Kim

WAHRSCHEINLICH SO'N BILLIGANBIETER AUS FERNOST!

WIR HABEN
AM WOCHENENDE
KONFIRMATION!
UND
WIR SIND
EINGELADEN!

ALLES LIEBE ZUM MUTTERTAG!
DANKE! BLUMEN MAG ICH BESONDERS GERN!
MAMPF! KNURPS!
Mutti

ICH GLAUBS JA NICHT:
'NE FLIEGENDE
BIOGAS-ANLAGE!

DAS KRIEG ICH ALLES SUBVENTIONIERT!

GANZKÖRPERRASUR
IST HEUTZUTAGE
TOTAL TRENDY!

JETZT GEHTS LO-HOS!
JETZT GEHTS LO-HOS!

KEINE SORGE! DIE TIERE SIND SO GESUND WIE SIE UND ICH!
Kinn

TOOOOOOOR!

KARL-HEINZ,
SCHNELL: FOTO!
DA HOPPELT
'N HÄSEKEN!
KIM

FACEBOOK? OHNE MICH!
MEINE DATEN GEHÖREN MIR!

BEWEGLICHE FERIENTAGE!
ABER DIE BEWEGEN SICH JA GAR NICHT!

DIE BAHN
- URLAUB
VON ANFANG AN!

HAST DU DEN WETTERBERICHT NICHT GESEHEN?

WIR WOHNEN JA
DA, WO ANDERE
URLAUB MACHEN !

ICH DACHTE,
DU WOLLTEST
STRAND KLAMOTTEN
KAUFEN?!?
JA, ABER
DIE HIER WAREN
RUNTERGESETZT!

DER KITESPORT AN SICH
HAT EINEN ÜBERAUS HOHEN
UNTERHALTUNGSWERT!

ICH BRAUCH 'NE ABKÜHLUNG! HIER OBEN VERBRENNT MAN SICH JA DEN ARSCH!
Kim

WIR HABEN UNS GANZ BEWUSST **FÜR** KINDER ENTSCHIEDEN!
LENZ

EWIG DEINE SCHLECHTE LAUNE! WIR HABEN URLAUB, WIR LIEGEN AM STRAND - WAS WILLST DU DENN NOCH?
KINN

URLAUB, WA?
UND WIE LANGE
MÜSSEN SIE NOCH?

WARUM WEGFLIEGEN?
HIER HABEN WIR DOCH AUCH
"ALL IN"!
KIM

DIPLOM
NUN, WAS GENAU IST DENN IHR PROBLEM?
ICH!
KIM

HALLO?! DAS IST HIER ABER KEIN HUNDEKLO!

WIR HABEN UNS BEI DEN OLYMPISCHEN SPIELEN KENNEN GELERNT!
Kim

UND? KANNST DU DAS MEER SEHEN?
SCHLESWIG-HOLSTEIN
LAND DER HORIZONTE
Globetrotter

ALSO EHRLICH, LEUTE !
SO WIRD DAS NIE WAS
MIT DER ENERGIEWENDE !
MAMPF!
KAU!
KNURPS!

MUUH!
DIE KENNT AUCH NUR EIN THEMA!

IHR KÖNNT WIEDER RUNTERKOMMEN, ICH HAB ALLE NACKTSCHNECKEN ABGESAMMELT!

WAS GIBTS DENN IN DIESEM JAHR ZUM ERNTEBALL?
MAISMUS MIT MAISKOLBEN AN MAIS. UND ZUM NACHTISCH MAIS MIT HEISS!

ALSO DANN:
BERG HEIL, MÄDELS!
?

MIT SO EINEM PÜSTERICH HASTE DAS GRUNDSTÜCK RUCKZUCK LAUBFREI !
Kim

SCHATZ, WEISST DU, WO UNSERE HOLZGARTENSTÜHLE SIND?
DZZzzziiiii
Kim

PSSST! WIR SEHEN HIER EINE IN DIESEN BREITEN SELTEN GEWORDENE SPEZIES!
HALT!
TRUPPENÜBUNGSPLATZ
Kim

HAB ICH GÜNSTIG GESCHOSSEN
IM WINTERSCHLUSSVERKAUF!
SALE

DER MACKER HAT SICH AN UNSEREN STIEFELN ZU SCHAFFEN GEMACHT!
AV T

VIER MAL
WERDEN WIR
NOCH WACH!

DU UND DEIN SCHEISS-NAVI!
HUSUM, WIR HABEN EIN PROBLEM!
KIM

ACH ÜBRIGENS: ICH BIN RUDOLFS VERTRETUNG, ER HAT 'N WEIHNACHTS-BURN OUT!
Kim

DAS NENN' ICH EIN TISCHFEUERWERK!